님의침묵 탈고
100주년
기념도서

卍海先生 漢詩集 全

癸丑十月望日
安光碩題

韓國學資料院

卍海先生詩集序

卍海先生遺稿五七言古近體漢詩集一卷題一百三十凡一百四十六首幷表署雜著三字皆先生手書其篇末更多三題二首則曉堂所補錄也曉堂旣爲先生裒輯

今春問世後以此集之爲其墨蹟稿本
而尤可寶重欲又影印而單行之以餉天
下之知慕於先生而無有厭足者夫以先生
之名而得不泯於百世之後是集之亦與
之俱傳無疑也則曉堂之是舉也豈徒

卍海先生詩集序

卍海先生遺稿五七言古近體漢詩集一卷題一百三十凡一百四十六首并表署雜著二字皆先生手書其篇末更多二題二首則曉堂所補錄也曉堂旣爲先生哀輯

全書問世復以此集之爲其墨蹟稿本
而尤可寶重欲又景印而單行之以餉天
下之知慕於先生而無有厭足者夫以先生
之名而得不泯於百世之後是集之與
之俱傳無疑也則曉堂之是爲也豈徒

今書閱世復以此集之爲其墨蹟稿本
而尤可寶重欲又景印而單行之以餉天
下之知慕於先生而無有厭足者夫以先生
之名而得不泯於百世之後是集之與
之俱傳無疑也則曉堂之是舉也豈徒

爾哉先生之詩純以意行不甚彫飾平仄格律或非所拘然奇氣異想雲興泉湧不盡於禪理與義憤之爲而時出其外尋常摹寫景象發舒志趣者往往臻妙是果先生之才之大而無有其涯際矣嗚呼可

得以易言哉向曉堂之序全書也以傑然一大篇備於大節與細行業已盡之故余今於此集特敘其大略期無踰越於其所範圍之外而已也

壬子季冬 安朋彥序

已海禪師全藁爲甚佳釋
多寧氏述所刊今已流通於
世矣多寧文以其讜論集爲
師所手錄而自署居禪著北
精光璀粲尤爲可寶將別剞

而景刊之來屬余序余初非
漫然無緣者師之氣象與文
辭照頗多風播到耳者令懷
語叢不覺爲之欽確而起敬
焉蓋釋之爲道主空淨而疇

無為天下之事物國社之沈淪
而多不有甚可哀憐自忘用靜
以為至極唯師則不與致歉
生平嬦心疇脆身嬰縲絏
而無愚故其為文辭感慨迴

澧之蔬筍之氣而若孤騖焉
佚之爲詭其韓體迣君之沈
默絕叫諸吟是也然師豈有
自笑詩癖一篇九韓而漢可知
其癖習之餘孤倚於蕊貝梅

萬仞伍夫怨古立安海州詣
篇芳馨悲惻淋漓瑰麗色
書獄中詩鑒炯照丹衷玉碎
瓦全自矢甚賤嗚呼懷指諸
中古今禪家叢林々中能

如來師在果有幾擧乎哉師
答曰天堂少地獄多之歎靄
日爲天堂無路已有多師尙夷
獨吟眺於之堂之上矣若夫
雲捲空晴一輪明月影落

萬海處處皆圓者是吾教
師之心如所

辛丑載之小暑李家源謹

卍海先生詩集目錄

與映湖和尙訪乳雲和上乘夜同敀

山家曉日

即事

寒寐二首

次映湖和尙

思鄕

次映湖和尙

讀雜頌朱子用東坡韻賦梅花用其韻賦梅花二首

曉日

次映湖和尚香積韻

自悶

自樂

玩月

暮歲寒雨有感

閒遊

見月

月欲生

月初生

月方中

月欲落

即事

思鄉

思鄉苦

自笑詩癖

清寒

備風雪閉內外户窓黑處看書戲作

二首

獨坐

冬至

雪曉

古意

閑唫

乳雲和尚病卧甚悶又添鄉愁

歲寒衣不到戲作

即事

雪後漫唫

病愁

咏閑

病唫二首

獨唫
旅懷
曉景 三首
獨夜 二首
即事
懷唫
登高
征婦怨
山晝
遠思

即事二首

孤遊二首

内院庵有牧丹樹古枝受雪如花因

唫

與昧湖乳雲雨伯夜唫二首

訪白華菴

馬關舟中

宮島舟中

和淺田教授

唫晴

雨中獨坐

蝴蝶

清曉

春夢

曹溪宗大學校別院二首

古意

增上寺

思夜聽雨

和智光伯遺以詩文故答

日光道中

日光南湖

獨窓風雨

野行二首

秋夜聽雨有感

秋曉

與映湖錦峯雨伯作

京城逢映湖錦雨伯同唫二首

遣悶

養真庵錢春

養真庵

清唫
雲水
養真庵臨發贈崔鳴禪伯二首
仙岩寺病後作二首
與錦峯伯夜唫
香爐庵夜唫
留仙岩寺次梅泉韻
香爐菴即事
榮山浦舟中
觀落梅有感

日光南湖

獨窓風雨

野行二首

秋夜聽雨有感

秋曉

與映湖錦峯両伯作

京城逢映湖錦両伯同唫二首

遣悶

養真庵餞春

養真庵

清唫

雲水

養真庵臨發贈崔鳴禪伯二首

仙岩寺病後作二首

與錦峯伯夜唫

香爐庵夜唫

留仙岩寺次梅泉韻

香爐菴即事

榮山浦舟中

觀落梅有感

梵魚寺雨後述懷

新晴

漁笛

巴陵漁父棹歌連

安海州

黃梅泉

華嚴寺散步二首

過九曲嶺

山家逸興

藥師庵途中

龜岩寺初秋
述懷
龜岩濕
龜岩寺與宋淸巖兄弟共唫
雙溪樓
無題
贈宋淸巖
自京敀五歲庵贈朴漢永
重陽
丁巳十二月三日夜十時須坐禪中

忽聞風打墜物聲疑情頓釋仍得一
首

五歲庵

寄學生

秋雨

秋懷

見櫻花々有感

咏雁二首

病監後園

贈古友禪話

咏灯影
砂聲
贈別
漢江
獄中吟
周甲日即興
獄中感懷
吳跋
甲寅六月廣陵安光頊記

雜著

贈映湖和尚述未嘗見

玉女彈琴楊柳屋
鳳凰起舞下神仙
竹外短墻人不見
簾窓秋思杳如年

別玩豪學士

萍水蕭蕭不禁別
送君今日又黃花
依舊驛亭惆悵在
天涯秋夢自相多

代萬化和尚挽林鄕長

君棄人間天上去
人間猶有自心傷
世情白髮不禁淚
歲事黃花正斷腸
哀詞落木寒鴉在
痛哭殘山剩水長
公道斜陽莫可追
秋風秋雨滿衣裳

登禪房後園

雨花寥〻萬事稀幽人自賞未輕收院裡微風日欲煮
秋香無數撲禪衣

秋夜雨

床頭禪味澹如水吹起香灰夜欲闌萬葉梧桐秋雨急
虛窗殘夢不勝寒

避亂途中滯雨有感

崢嶸歲色矮於人海國兵聲接絕巇顛倒湖山能欲去
天涯風雨亦相親

釋王寺逢映湖乳雲兩和尚作二首

半歲蒼黃勢欲分憐吾無用集如雲一宵灯火喜相見
千古興亡不願聞夜棲禪盡收人氣異域詩來逞雁群

踈慵惟識昇平好禮拜金仙祝聖君
知已世爲天下功危言直至肝膽中漫說英雄淸永夜
更論文句到淸屋征雁楓橋如夢遠孤灯水屋感詩紅
幸敎烟月時〻好談笑同敍白髮翁

與映湖和尚訪乳雲和上來夜同敍

相見甚相愛無端到夜來等閑雪裡語如水照靈坮

山家曉日

山窓睡起雪初下況復千林欲曙時漁家野戶皆圖画
病裡尋詩情亦奇

即事

山下日杲〻山上雪紛〻陰陽各自妙詩人空斷魂

寒寂二首

不善耐寒日閉户觀山聽水未能多雪風埋屋人相寂
禪如春酒散梅花

閉居日日覺深寒坐中鐵鍵復歸山毒融吾身不似鳥
禪心未破空相看

次映湖和尚

詩酒人多病文章客尔毛風雪未書字兩情亂不少
思鄉

江國一千里文章三十年心長髮已短風雪到天邊

次映湖和尚

鐘後千林雪後天鄉情詩悳自相先侵簷梅花初入夢

故人書字卽爲禪佛界香深如宿世經業盡靜欲生道
山中有景可同賞敎師先生不及緣

讀雅頌朱子用東坡韻賦梅花用其韻賦梅花

江南暮雪有孤村玉樹層層降詩魂枝枝敵入塞外寒
織月蒼涼不染昏夜香連娟敀旁寂十年虛盟負故園
却恥春風多榮辱十寒萬寒不事溫嬌態不勝帶晚雨
剡意那堪向朝暾左有左松右有竹一世相守不掩門
雖愛高名易成句深看佳處還無言君我俱是厭世者
芳年未闌共對尊

又

古人梅題下不作五古余有好奇心試吟

梅花何處在雪裡多江村今生寒冰骨前身白玉魂耐

容畫亦奇精神夜不會長墨散鉄筆曉日入禪園 三春
詩句冷逢夜酒盃寬溫白何帶夜月紅桃對朝暾幽人
抱孔貧耐寒不掩門 江南事蒼黃莫向梅友言人間知
已少相對倒深尊

曉日

遠林烟似柳古木雪爲花無言句自得不奈天機多

次映湖和尚香積韻

萬木森涼秋月明碧雲層雪夜生溪千萬珠玉收不得
不知是鬼是丹青

自悶

枕上無何苦月中思亦長一身受二敵朝來鬢髮蒼

自樂

佳辰傾白酒良夜賦新詩身世兩忘去人間自四時

玩月

空山多月色孤往極清遊情緒為誰遠夜闌杳不收

暮歲寒雨有感

寒雨過天末鬢过暮歲生愁高百骸低全身但酒情歲
寒酒不到飲饋難驩徑傍人亦何悔罪我違淨行縱目
觀下界。又滄溟地盡

閑遊

半世風塵無道術天涯淪落但清遊偶得新詩題白屋
又隨明月到青邱高歌斷處思千古幽興來時消百愁

夜闌欹卧白雲榻每似丹青自不收

見月

幽人見月色一夜拋佳期聊到無殺處也尋有意詩

月欲生

衆星方奔熙百鬼皆停遊夜色漸墜地千林各自收

月初生

蒼岡白玉出碧澗黃金遊山家貧莫恨天寶本勝收

月方中

萬國皆同觀千人各自遊皇皇不可取迢迢那堪收

月欲落

松下蒼烟歇寫过清夢遊山横鼓角罷寒色盡情收

即事

烏雲散盡孤月橫遠樹寒光歷〻生空山雪去今無夢
殘雪人歛夜有殺紅梅開处禪初会白雨過时茶半清
虛設佛溪亦自笑停思還境陶淵明

思鄉

歲暮寒窓方夜永低頭不寐幾驚魂抹雲淡月成孤夢
不向瀛洲向故園

思鄉苦

寒灯未剔紅連結百髓低〻未見魂梅花入夢化新雪
引把衣裳說故園

自笑詩癖

詩瘦太甜反棄人紅顏減肉口無珍自說吾輩世出俗
可憐殺病失青春

清寒

待月梅何處依稀人亦同通宵寒不盡遠屋雪為峯

備風雪閉內外户窓黑廢看書戲作二首

風雪撲飛重閉户晝藥歷歷見宵光勤書不辨二三字
閑眼試思南北方
山堂门户化翁作開園便省晝夜新自家不解明暗理
還笑人間賣曆人

獨坐

朔風吹斷侵長夜簷樹鍾殺獨閉門青灯同雪寒生火

紅帖剪梅杏在文三尺新栞作以窩一間明月共之雲
偶然思得六朝事欲說轉頭未見君

冬至

昨夜雷聲至今朝意有餘窮山歲去後古國春生初開
户迎新福向人送舊書群機皆數動靜觀變吾廬

雪曉

曉色通板屋忽忽不可遊層郭孤雲去亂峯殘月收寒
情遠玉樹新夢過滄洲風起鍾聲急乾坤歷歷浮

古意

清宵依劍立霜雪千秋空恐傷花柳意回看迎春堂

閑吟

中歲知空劫依山別置家經臘盡殘雪迎春論百花譜
未十石少除去一雲多時心半化寫此外又婆娑

亂雲和尚病臥甚悶又添紬愁

故人今臥病春鴈又無書此愁何處解灯下千鬢疎

歲寒衣不到戲作

歲新無舊着自覺一身多少人知此意范叔近如何

即事

殘雪日光動遠林春意過山屋病初起新情不奈何

雪後漫唫

幽人寂寂每縱觀眼欲青時意不輕大雪初晴塵世遠
萬山欲暮壯心休經歲漁樵皆入夢忍冬梅竹亦関情

萬古英雄一評後更聽四海動春殺

病愁

青山一白屋人少病何多浩愁不可極白日生秋花

咏閒

寂山寄幽夢危屋絕遠想寒雲生碧洞織月度叢岡曠然還自失一身各相忘

病唫二首

頑病侵尋即革黃窓前風雪太頗狂浩思蕩情何歷歷不耐鏡中鬢髮蒼

身如弱柳病如馬上下相繫正角何縱使我心無復若孤灯風雨忍塵過

獨唫

山寒天亦盡渺渺與誰同作有奇鳴鳥枯禅全未空

旅懐

竟歲未歸家逢春為遠客看花不可空山下寄幽跡

曉景三首

月迴雲生木高林殘夜懸擔落鍾鼓急盡孤情斷復連

山窓夜已盡猶臥朗唫访栩然更做夢復上梅花枝

千山一雁影萬樹響鍾鼓古屋獨傳在芳年白首情

獨夜二首

天末無崖明月明去孤枕長夜聽松琴一念不出洞門外

惟有千山萬水心

玉林垂露月如霰屑水砧敲江女寒西亭青山有萬古
梅花初發定儂還

即事

朔風吹白日獨立對江城孤烟接樹直輕夕落庭橫千
里山容滴一方雪意生詩思動邊塞侶鴻過太清

懷途

此地雁群少鄉音夜夜稀空林月影寂寒戍角敲秋裏
柳思春酒殘砧悲舊衣歲色落萍水浮生半翠微

登高

偶思一極目躋峻危岑東人去青山外舟行白雨中長
河遇酒少大雪入詩空風落梧桐息殘陽映鬢紅

征婦怨

妾本無愁郎有愁年〻無日不三秋紅顔憔悴亦何傷
只恐阿郎又白頭昨夜江南採蓮去淚水一夜添江流
雲乎無雁水無魚雲水〻雲共不看心如落花謝春風
多隨秋月凌玉閨護手殷懃敬天祝郎與春色一馬還
阿郎不到春已暮無數[illegible][illegible]打花林妾愁不知問多少
春江夜湖不言深一層有心一層愁賣花賣月學無心

山畫

群峰蝟集到窓中風雪淒然去歲同人境寒〻畫氣冷
梅花落處三生空
遠思

南國黃花北地鴈居然今日但空情雪後江山多月色
風前草木盡鍾鼓塞外夢飛千里野天涯身臥一雲亭
歷覆經寒人似竹此心元不到功名

即事二首

一庵何寂寞塊坐依欄干枯葉作殺悪飢鳥為影寒敀
雲斷古木落日半空山獨對千峯雪淑光天地還
北風鴈影絶白日客愁寒冷眼觀天地一雲萬古閒

孤遊二首

一生多歷落此意千秋同丹心夜月冷蒼鬢曉霜空人
立江山外春來天地中鴈橫北斗沒霜雪關河通
半生邊歷落窮此寂寞遊冷齋說風雨盡回鬢髮秋

內院庵有牧丹樹古枝受雪如花因吟

雪艷無月雜山光枯樹寒花似夜香分明枝上冷精魄
不入人愁萬里長

興映湖亂雲雨伯夜吟二首

落拓吾人皆古情山房夜闌小遊清紅燭無言灰已冷
竹愁如夢隔鐘聲

中宵文氣通虹橋筆下成詩猶敢驕只許三春如一日
別區烟月復招招

訪白華菴

春日尋幽逕金光散四林窮途孤興發一望極清吟

以下在日本作

馬関舟中

長風吹盡侵輕夕萬水爭飛落日圓遠客孤舟烟雨裡
一壷春酒到天邊

宮島舟中

天涯孤興化爲悲滿攤春心自不収洽似桃園烟雨裡
落花餘夢過瀛洲

和淺田教授

淺田斧山遺以參禪詩故用韻答

天真與我間無髮自笑吾生不耐探又入許多葛藤裡
春山何日到晴巒

唫晴

庭樹落陰梅雨晴半簾秋氣和神生故國青山夢一驚落花深畫渾無聲

雨中偶唫

海國多風雨高臺五月寒有心萬里客無語對青巒

東京旅館聽蟬

佳木清於水蟬聲似楚歌莫論山外事偏入客愁多

蝴蝶

東風春在百花頭恐是人間蕩子流可憐添做浮生夢消了當年苐幾愁

清曉

高樓偶坐絕群情庭樹寒從曉月生一堂如水收人氣

試思有無和留韻

春夢

夢似落花花似夢人何胡蝶蝶何人蝶花人夢同心事往訴東君留一春

曹洞宗大學校別院二首

一室似太古與世不相干幽樹鍾聲後閑花茶話間禪心如白玉寄夢到青山更尋別處去偶得新詩還院裡多佳木晝陰涌翠濤幽人初破睡花落磬聲高

古意

輸贏萬事落空枰虛擲千金尋舊盟湖海簫魂都一髮風塵餘夢幾三生青山黃土半人骨白水蒼萍共世情

對書不讀興亡句無語東窗卧月明

壇上寺

清磬一聲初下壇更添新茗依欄干蕉雨纔晴輕凉動
空簾畫氣水晶寒

思夜聽雨

東京八月雁書遲秋思杳茫無處期孤灯小雨〻聲冷
太似往年卧病時

和智光伯遺以詩文故答

文佳筆絶卽生香一幅畫寫九曲鵬獨在千山萬水外
故人只許寸心長

日光道中

試聞兒女爭相傳
報道此中別有天
逐水漸看兩岸去
杳越恰似舊山川

日光南湖

楠陁山中湖水開
山光水色共徘徊
十數小艇一兩笛
夕陽唱倒漁歌來

獨窓風雨

四千里外獨傷情
日日秋風白髮生
驚罷晝眠人不見
滿庭風雨作秋聲

野行三首

匹馬蕭蕭度夕陽
江堤楊柳變新黃
回頭不見關山路
萬里秋風憶故鄉

尋趣偶過古渡頭盈〻一水小魚游汀雲已逐西風去
獨立斜陽見素秋

秋夜聽雨有感

不學英雄不學仙寬盟虛負黃花緣青灯華髮秋無數
蕭雨〻殺三十年

秋曉

虛室何生白星河傾入樓秋風吹舊夢曉月照新愁落
木孤灯見古塘寒水流邊憶〻未歇客明朝應本白頭

以上在日本作

與映湖錦峯兩伯作 在宗 發悅

昔年事〻不勝臻萬劫窒〻一夢餘不見江南春色早

東城風雪臥看書

京城逢映湖錦華兩伯同唫二首

冪〻短髮入紅塵感慨浮生日〻新雪後千山皆入夢
回頭漫說六朝人
詩欲踈凉酒欲驕英雄一夜盡樵蕘只恐湖貝無何處
一夢青山入寂寥

遣悶

春愁春雨不勝寒春酒一盃排萬難一醉春酒作春令
須彌細芥亦復寬

眷真庵餞春

暮雨寒鐘伴送春不堪蒼髮又生新吾生多恨亦多事
肯將殘花作主人

眷真菴

深〻別有地
寂〻若無家
花落人如夢
古鍾白日斜

清唫

一水孤花過
殼鍾千竹寒
不知禪已破
猶向物初看

雲水

白雲斷似衲
綠水鐥於弓
此外一何去
悠然看不窮

養真菴臨發贈寶鳴禪伯二首

世外天堂少
人間地獄多
何立竿頭勢
不進一步何

臨事多艱劇
逢人足別離
世道固如此
男兒任所之

仙岩寺病後作二首

客遊南地盡
病起秋風生
千里無孤往
窮途迷有情

初秋人謝病
蒼鬢歲生没
夢苦人相遠
不堪寒雨多

與錦峯伯夜唫

詩酒相逢天一方蕭〻夜色思何長黃花明月吾無夢
古寺荒秋亦故鄉

香爐庵夜唫

南國黃花郭未開江湖蕭夢入樓台雁影山河人似楚
無过秋樹月初來

留仙岩寺次梅泉韻

半歲蕭〻不滿心天涯零落獨相尋病餘華髮秋將薄
亂後黃花烨復歷講劫雲空關遊水聽經人去下仙岑
乾坤正當風雨處士節肯數西川杜甫唫

香爐庵即事

僧去秋山過鷲飛野水明樹涼一笛散不復夢三清

槃山浦舟中

漁笛一江月酒灯雨岸秋孤帆天似水人逐荻花流

觀落梅有感

宇宙百年大浩劫寒梅依舊滿禪家回頭欲問三生事
一秩維摩半落花

天涯

梵魚寺雨後述懷

[illegible]春雨濛古寺梅花寒孤佳思千載雲空鬢已殘
[illegible]莫問戀[illegible]
十幅亂鶯春歸緣來了層窗微語雜春愁夜來力尽歲[illegible]
行到安南不復收

新晴

禽聲偏愛冷花氣入禪無禪愛復相忘窓前一碧梧

漁笛

孤帆風烟一竹秋數聲櫓逐荻花流晚江落浦庯紅樹半歲知音問白鷗韻絕何堪避世愛曲終塵負斷腸愁飄撩律呂撲人冷滿地蕭蕭散不收巴陵漁父棹歌連

舟行天似水山外接清歌韻入月明寂鄉音飛夜靜多知音問白鷺飯夢滿晴叢更聽滄浪曲楫纓憶舊沒

安海州

萬斛熱血千年膽淬盡一劍霜有鞘霹靂忽破夜寂寥鐵花亂飛秋色高

黃梅花

就義從容永報國一瞑薰去劫花新莫留不盡泉坮恨大慰芳忠自有人

華嚴寺散步二首

古寺逢春宜眺望溪江遠水始生波回首雲山千里外奈無人知向誰訴

西二

人來坐溪上石磵水有聲不見[illegible]波兩岸青山斜陽外
飲後無心自成歌

過九曲

過盡騰雲千里客猶異山裡趁春陽去天 無尺九曲路
轉回不及我心長

山家隱興

西

三條水是很家畫掩柱扉蒲彩霞圍石有琴皆響竹
酌雲無酒不傾花十年 一假高閒坊萬事半亂空亦佳
春樹斜陽堪可唱滿山滴翠蔭趣另谿

藥師庵途中

十里猶堪半日行白雲[illegible]有路西何問幽異緣溪轉入水窮處

深樹無名山自香

龜岩寺初秋

古寺秋來人自空鏡花高發月明中霜前南峽楓林語
後見三枝數葉紅

述懷

心知踪歷不關飛萬事曾無入妙微千里今宵〻一夢
月明秋樹夜紛飛

龜岩瀑

秋山瀑沛急淨世愧殘春〻夜欲何住回看千古人

龜岩寺共宋濤巖兄難古吟

遠客寒山秋月斜潰霞殘殿禪山何傷前世見隱落月

禪修未同黃菊花晚林為誰偏有備同雲共我共安家
銅駝荊棘熟術學修古英雄漫自誇

護溪樓

一樓絕勝似高僧欲致定非力以勝寫看寫未勝天香
已下人今為客我先壇懸崖如雨楓林盡穿樹無雲間
水明澄海內四弟兄吾亦有時宋倩奇光大期他日畫
弟共登此樓
歡登

無題

秋山落日望蒼蒼獨立高歌響八荒白髮數莖東逝水
黃花菓本在逗霜遠書不至魚猶語古木無心花自香
四十年來出世事慚愧依舊坐空床

贈宋淸考

相逢飄鷺袁共你秋山行日出猶雲白夜來半月明小
石本無信古桐自有鼓大塊一集出不知三清時宋木仙

自京啓五歲廢歸朴漢永

一天明月君何在滿地丹楓我得來明月丹楓共相忘
唯有我心共徘徊

重陽

九月九日百潭寺萬樹似根病雖身閒雲不定孰非客
黃花已發我何人漢澗水落晴有玉鴻雁秋高逈無塵
午來更熱闌團土今峯入於碧嶙峋

丁巳十二月三日夜十時頃坐禪中忽聞風打墜物

聲疑情頓釋仍得一詩

男兒到處是故鄉幾人長在客愁中一聲喝破三千界
雪裡桃花片片飛

五歲庵

有雲有水足相隣況復仁〻市遠松茶地顛蘗
山窮魚鳥忽逢人絶無一事還堪靜莫負初盟是爲新
偶若芭蕉雨後立此身何厭走黃塵

寄學生（以下獄中作）

瓦全生爲恥玉碎死亦佳滿天斬荊棘長嘯月明多

秋雨

秋雨何蕭瑟微寒客自驚有思如飛鶴隨雲入帝京

秋懷

十年報國釰全空只許一身在獄中捷使不來虫語急
數莖白髮又秋風

雪夜

四山圍獄雪如海衾寒如鐵夢如灰鐵窓猶有鎖不得
夜間鍾聲何處來

見櫻花有感

昨冬雪如花今春花如雪雪花共非真如何心欲裂

聞雁 二首

一雁秋聲遠數星夜色多灯深猶未宿獄吏問歸家
天涯一雁時滿獄[illegible]長道破芦月外有何圓 壬戌植

病監復園

談禪人亦從徘徊我何儕最憐黃葉蕭蕭繫秋意無絕

贈古友禪談

看盡百花正可愛縱橫芳草踏烟霞一樹寒梅將不淺
其如滿地風雪何

聽灯影

夜冷窓如水臥看第二灯誰光不到處依舊照禪僧

砧聲

何處砧聲至滿城自生寒莫道天衣煖孰如微骨寒

贈別

天下逢未易城中別亦奇舊盟猶未冷莫負菊花期

漢江

行到漢江〻水長深、無語見秋光野菊不知何處在
西風時有暗傳香

卍海

獄中吟

憐山鸚鵡能言語愧我不及彼鳥多雄辯銀兮沈默
金此金買盡自由花

周甲日即興 一九三九．七．十二日 於清涼寺

忽〻六十一年光云是人間小劫桑歲月縱令白髮短
風霜無奈丹心長聽貧已覺換凡骨任病誰知得妙方
流水餘生君莫問蟬聲萬樹趁斜陽

獄中感懷

一念但覺淨無塵鐵窓明月自生新憂樂本

空唯心在釋迦願來尋常人

[seal] 卍海先生詩集跋

右詩集一卷卍海先生之遺稿也濟峯竊伏惟念先生以聰明特達之資加精博篤摯之工早透禪關亦善文章而救國愛族之精神貫徹一生其業蹟之偉天下之所共知來後無窮之世之所宜有辭則何用復縷述也哉第此一卷雖非爲甚鉅而實係先生之親手所寫其所重亦自別故曉堂法兄使余精加繕裝而寶貴爲藏者頗已有年今因得印全書之次復計影出此本以弁公諸世盖我兄禪心義衷實與先生相貫注而愛仰之至所欲爲之發輝者其心無有窮已也故有如是也臨將付印以余稍有關於是役而命置一言於卷尾乃敢勉其所不逮謹書

之如是云爾

癸丑春二月後學吳濟峯謹識

님의침묵 100주년 기념도서

卍海先生漢詩集 全

만해선생한시집 전

2025년 12월 28일 인쇄
2025년 12월 31일 발행

저 자 | 한용운
발행인 | 윤영수
발행처 | 한국학자료원
등 록 | 제12-1999-074호

주 소 | 서울 은평구 연서로 37길 40-1
팩 스 | 02.3159.8051
E-mail | eksung@naver.com

ISBN 979-11-7417-080-4(03810)

정가 33,000원